看故事
學標點符號 ②

國王是笨蛋？

方淑莊　著

新雅文化事業有限公司
www.sunya.com.hk

看故事學語文

看故事學標點符號 ②
國王是笨蛋？

作　　者：方淑莊
插　　圖：靜宜
責任編輯：劉慧燕
美術設計：李成宇
出　　版：新雅文化事業有限公司
　　　　　香港英皇道 499 號北角工業大廈 18 樓
　　　　　電話：（852）2138 7998
　　　　　傳真：（852）2597 4003
　　　　　網址：http://www.sunya.com.hk
　　　　　電郵：marketing@sunya.com.hk
發　　行：香港聯合書刊物流有限公司
　　　　　香港荃灣德士古道 220-248 號荃灣工業中心 16 樓
　　　　　電話：（852）2150 2100
　　　　　傳真：（852）2407 3062
　　　　　電郵：info@suplogistics.com.hk
印　　刷：中華商務彩色印刷有限公司
　　　　　香港新界大埔汀麗路 36 號
版　　次：二〇一六年七月初版
　　　　　二〇二四年一月第四次印刷

ISBN: 978-962-08-6619-7
© 2016 Sun Ya Publications (HK) Ltd.
18/F, North Point Industrial Building, 499 King's Road, Hong Kong
Published in Hong Kong SAR, China
Printed in China

目錄

推薦序 ———————————————— 4

自序 —————————————————— 6

冒號和引號的故事
國王是笨蛋？ ————————————— 8

省略號的故事
最長的記錄 ————————————— 24

專名號的故事
金花妹妹 ——————————————— 39

書名號的故事
王子的家書 ————————————— 50

破折號的故事
比武大會的獎品 —————————— 62

總複習 ———————————————— 74

標點符號總表 ———————————— 76

答案 —————————————————— 77

方淑莊老師是我的同事，一位很特別的老師，她有一把特別的嗓子，喜歡向學生說故事教中文。每次觀課，我都會聽到有趣的故事；而且她在攻讀學士學位時副修電腦科，所以課堂上用的簡報也做得很出色。她粵語和普通話皆能，對待學生的態度能做到時輕鬆時嚴謹，上她的課不但不會沉悶，而且還能學懂不少知識。

方老師有個特異功能，能夠即時說出每一個中文字的筆畫，快如電腦，令人驚歎。我常跟她開玩笑，說她也許前世是個文字專家，最大機會是曾經編過字典。這當然純粹是我個人的臆測，增添生活情趣罷了！

除了教學，方老師閒時有許多嗜好，玩桌上遊戲、辦生日會、舉行戶外活動都是她的強項。同時，她很會創作故事。前陣子，我請她為學校創作一個寓言故事，她二話不說，第二天便交來，效率驚人，而且質素更是能登大雅之堂。

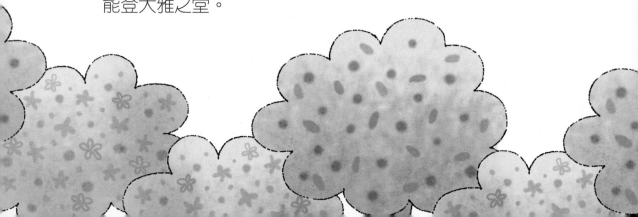

去年，她對我說要出版自己的書，邀請我為她寫序，我一口答應，原因很簡單，只是舉手之勞。很快，她的處女作兩冊《看故事學修辭》便已面世，而且在短短日子已經重印再版，成績斐然。不久之前，她又請我寫序，這次是關於標點符號的書。她真是敢於向難度挑戰，標點符號不是三言兩語便說完了麼，哪有故事可講？但虧她花盡腦汁，成功完成，而且有趣精彩。

方老師是個充滿創意的老師，寫的東西很有趣，能把「簡單」的事物變得「神奇」。祝願她能繼續創作更多優秀的作品，而且洛陽紙貴，不消數月，又請我寫序。

陳家偉博士
優才書院校長

去年六月，我寫了《看故事學修辭》第一、二冊，感恩能在短短半年獲加印第二版，在此感謝所有讀者的支持。很多小讀者告訴我，他們很喜歡看胖國王的故事，從他身上能輕鬆學會不少既複雜又抽象的修辭，這令我更確信用故事學語文的好處和成效。

作為現職教師，我最大的得着是能親身了解學生在學習語文上的需要，學習標點符號對初小的學生來說的確是一個挑戰。標點符號是文字表達最重要的輔助工具，跟文字一樣，都是書面語的組成部分；然而文字有音可讀，標點符號卻只有名稱，並無讀音，故此很容易被忽視。

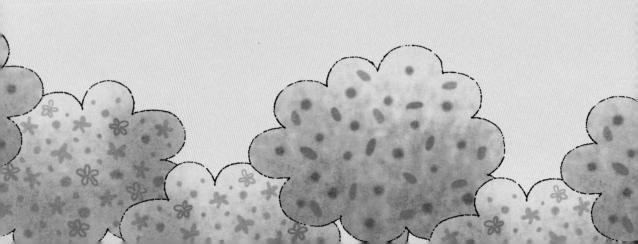

很多人知道文字的重要，卻以為標點符號只是裝飾品，可有可無。其實，標點符號在各種文章中都是不可或缺的。正確地運用標點符號，既能使文句通順、層次分明，還可以增加文字的情感，令語氣變得豐富。相反，把標點符號誤用或放錯位置，不但會令語意不清，甚至會令文句的意思完全改變，鬧出笑話。

本系列兩冊圖書，共以九個發生在標點符號國的小故事，介紹十二個初小學生必學的標點符號，通過生動、有趣的情節，讓孩子輕鬆學習標點符號的不同用法。書中附設適量的教學部分和練習，讓孩子鞏固所學。

方淑莊

國王是笨蛋？

　　亞昇和亞畢十年前一起來到王宮工作，兩人都希望可以成為瘦國王身邊的大臣。可是亞昇為人急功近利①，做事不夠踏實，因此，多年來只能在倉庫裏當個小雜工，從未跟瘦國王見過面。相反，亞畢待人誠懇有禮，虛心②受教，早已成為了國王身邊的重要大臣。

　　前幾天，亞昇得到亞畢的推薦，可以參

釋詞 ① 急功近利：指急於求成，貪圖眼前的利益和成效。
② 虛心：形容人不自以為是，能夠接受別人意見。

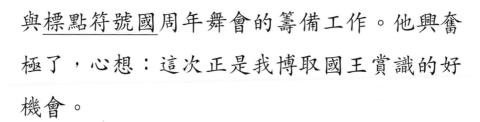

與<u>標點符號國</u>周年舞會的籌備工作。他興奮極了，心想：這次正是我博取國王賞識的好機會。

這個周年舞會是<u>標點符號國</u>一年一度的盛事，除了會邀請各重要大臣和名人外，還會招待各國的國王，因此，<u>瘦國王</u>很重視這個宴會，親自旁聽籌備會議。他說：「這是我國的重要宴會，不容有失，各位要多多努力！」

在會議中，各人都認真參與討論，服飾部的大臣說：「我們已為國王設計了一套名貴的服飾，全身鑲嵌了寶石和珍珠，閃閃生輝。」國王急不及待拿着設計圖來欣賞。

總務部的大臣說：「我們已準備了很多金色的布疋裝飾王宮，宴會當晚到處都會金碧輝煌，盡顯我國的氣派。」國王聽到「盡

顯氣派」，馬上露出滿意的笑容。

　　亞昇見大臣們都投入討論，提出意見，他生怕錯過表現自己的好機會，於是搶着說：「最近南村送來了很多新鮮的番薯，不如用來招呼來賓？」他的話一說完，全場鴉雀無聲，只見瘦國王板着臉，對他說：「你真是個笨蛋！」亞昇嚇得不敢答話。

會議完結後，亞畢走到亞昇身旁，說：「你真不了解國王，他很愛面子，最講求體面，你竟敢跟他說請賓客吃番薯？你還是找個機會跟國王道歉吧！」翌日，亞昇請亞畢為他草擬了一封信，內容是這樣的：

尊敬的國王：

國王說我是笨蛋！我非常認同你的話。國王英明神武，有你的管治，標點符號國一定能成為強大的國家。

小雜工亞昇上

亞昇看過信後，希望強調瘦國王說的話，以及一些稱讚國王的字詞，因此特意加

上冒號和引號把它們標示出來。他心想：如果我把這封信貼出來讓所有人都看見，這樣公開道歉，國王一定覺得更有面子了。於是他把信貼在公告板上，好讓所有人都知道。

　　到了下午，有人來傳召<u>亞昇</u>見國王。他一心以為國王看到道歉信後會欣賞他的誠

尊敬的國王：

　　國王說：「我是笨蛋！」我非常認同你的話。國王「英明神武」，有你的管治，標點符號國一定能成為「強大」的國家。

小雜工亞昇上

意，原諒他。誰知道國王生氣極了，一手把信扔在亞昇面前，還命人把他關在監獄裏。讓我們來看看亞昇的信吧！

尊敬的國王：

　　國王說：「我是笨蛋！」我非常認同你的話。國王「英明神武」，有你的管治，標點符號國一定能成為「強大」的國家。

　　　　　　　　　小雜工亞昇上

　　究竟亞昇的信出了什麼問題呢？當中的冒號和引號對句子起了什麼作用呢？

標點符號小教室

　　亞昇為了討好國王，表現自己，不但在會議上魯莽發言，還在信中胡亂加上冒號和引號，結果弄巧成拙，令大家以為國王說自己是笨蛋，還以為亞昇諷刺國王昏庸無能，標點符號國國力虛弱，最後惹怒了國王，被關在獄中。

　　引號的用法有很多，除可用作表示強調外，還可以標示出帶有反語、諷刺含義的詞語。因此我們要注意使用時的情況，才能正確表達意思，不會像亞昇那樣闖出禍來啊。

冒號教室

什麼是冒號（：）？

　　冒號可表示提示性話語之後的停頓，它所代表的停頓時間比頓號、逗號長，與分號差不多。

冒號有什麼用法？

　　概括來說，冒號的用法主要分為三大類，一是提引下文，二是總結上文，三是用於演說前或書信開首的稱呼語後。

一、用於提引下文

冒號用來分隔意思相等的上、下文，通常用在「提示性話語」，即是用來提起下文的詞、短語和分句之後，常見的用法有下列幾種：

1. 用於某些動詞後

從下列的例子來看，冒號是用於「想、明白、注意」這三個動詞後，而後面提起的受詞通常比較長，需要有較大的停頓，引起讀者對下文的注意。此外，「是、問、指出、注意、證明、宣布、認為」等動詞後，也適合使用冒號。不過，並非凡是這類動詞後都要使用冒號，我們要看看句子的結構，如動詞與後文有較大的停頓才會使用。

例子：

（1）我心想：天氣那麼炎熱，他竟然還穿上毛衣！

（2）經過這次教訓，他終於明白：成功是要經過努力的。

（3）各位遊客請注意：本樂園將於十五分鐘後關門。

2. 用於概括下文的話語後

句子要陳述一個意思，但當中可能包括幾方面的內容，這時我們便會先寫概括下文的話語，把整體意思概括地說出來，然後加上冒號，引起下文的分說。

例子：

（1）領袖生應該具備三個條件：品行優異、樂於助人和學習認真。

（2）香港有三大區域：香港島、九龍、新界。

3. 用於需要解釋和說明的詞語後

如句子中有一些事情或詞語需要解釋和說明，我們會在冒號後寫上解釋或原因。

例子：

（1）他整晚興奮得不能入睡：明天就是他結婚的大日子。

（2）委任：派人擔任職務。

4. 用於直接引用的說話前

在句子中直接引用某些人的話，我們要在話語前加上冒號。

例子：

我說：「比賽很快便要結束了，大家繼續努力啊！」

哥哥笑着說：「看你的樣子，一定是肚子餓了！」

二、用於總結上文

當句子中總結整體意思的話語寫在後面，可加冒號用來分隔意思相等的上、下文。

例子：

爸爸愛打乒乓球，媽媽愛打羽毛球，哥哥愛踢足球，我愛打排球：我們都熱愛運動。

三、用於演說前或書信開首的稱呼語後

例子：

各位來賓：

親愛的表姐：

引號教室

什麼是引號（「」／『』）？

引號有單引號（「」）和雙引號（『』）之分。單引號中需要再使用引號時，我們才會使用雙引號。

橫寫時（「」），前一半稱為前引號，後一半稱為後引號；直寫時（︹ ︺），上一半稱為上引號，下一半稱為下引號。使用引號時要注意方向，記住前後引號、上下引號合起來都是個方形。此外，要注意一般引文的句尾符號都要標在引號之內。

引號有什麼用法？

以下是引號的一些常見用法：

1. 用於標示直接引用的話

文中要直接引用別人的話或書籍、報刊上的文字時，我們要使用引號標明。

例子：

（1）明天要考試了，老師說：「同學們要努力溫習，爭取好成績。」

（2）子曰：「學而不思則罔，思而不學則殆。」

2. 用於標示成語、俗語和諺語等有特殊含義的語句

　　例子：

（1）「三分天才七分學。」成功一定要靠後天的努
　　　力。

（2）「要得人敬你，你得先敬人。」你這樣對待人，
　　　怎能交到知己好友呢？

3. 用於標示有特殊含義的詞語

　　句子中表示反語、諷刺等特殊含義的詞語，可以用
引號來標示，令讀者更容易明白。

　　例子：

（1）我親眼看見你偷了我的錢包，你還敢說自己是
　　　無辜的，果真是個「老實人」！

（2）你連獨居長者也忍心欺騙，真有「良心」。

（3）這盤小菜「色、香、味俱全」，誰敢一試？

4. 用於需要強調的詞語

　　把句子中需要凸顯的字詞用引號標示出來，引起讀
者的注意。

　　例子：

（1）「穿梭」的「穿」字在普通話中應讀作第一聲。

(2)「叮、叮、叮」，電車到站了，乘客們有秩序地排隊上車。

5. 用於標示特別日子

把句子中的特別日子用引號標示出來，同樣是為了引起讀者的注意。

例子：

「五四運動」發生在 1919 年 5 月 4 日。

另外，如果我們在單引號中需要再使用引號時，我們便會使用雙引號。

例子：

老師說：「『門』字共有八畫，大家寫的時候要注意筆順啊！」

小總結

冒號和引號各有不同的用法。當它們一同出現的時候，作用是提醒讀者注意下文，帶出所標示的說話，也就是把說話直接引用出來。

標點符號練習

一、下列句子中引號的作用是什麼？請在括號內圈出正確的答案。

例：他不肯上學，也不肯找工作，真是個「社會棟樑」！

（ 表示諷刺的詞語 / 成語 / 特別日子 ）

1. 「喝」字的部首是「口」，表示字義跟口有關。

（ 反語 / 成語 / 需要強調的詞語 ）

2. 校長說：「學校非常注重學生的品德。」

（ 直接引用的話 / 諺語 / 俗語 ）

3. 「三八婦女節」是為了慶祝婦女在經濟、政治、社會等領域作出重要貢獻而設立的節日。

（ 成語 / 特別日子 / 表示諷刺的詞語 ）

二、請在下列句子中的方格內填上冒號或引號，使句子的意思正確。

1. 同學們在教室裏跑來跑去，老師生氣地說 ☐ ☐ 要上課了，你們快安靜地坐下來！ ☐

2. 中國四大奇書 ☐ 《西遊記》、《水滸傳》、《三國演義》、《金瓶梅》。

3. 弟弟問 ☐ ☐ 哥哥，☐ 興奮 ☐ 這個詞語怎樣寫？ ☐

4. 媽媽對小弟弟說 ☐ ☐ 你把一大盒糖果吃了，只留下一顆給妹妹，真是太 ☐ 慷慨 ☐ 了！ ☐

5. 各位乘客請注意 ☐ 車廂內嚴禁飲食！

省略號 的故事

最長的記錄

　　瘦國王的秘書魯先生快要退休了，他很想為國王找一個合適的人選，代替他的工作。申請這職位的人很多，有經驗豐富的、博學多才的、心思細密的……但魯先生認為要當上一個出色的秘書，最重要的是要有好記性。

　　他留意到王宮裏有一個小侍從亞維，平日工作勤勞，做事一絲不苟，最重要的是他有很強的記憶力。記得在去年標點符號國的周年舞會開始前，有人把嘉賓座位表弄丟了，大家急忙四處尋找，卻找不着。離舞會

開始的時間越來越近，每個人都心急如焚①，
不知所措。這時，亞維剛好走了過來，他知
道了後，竟然可以把
曾經看過的座位表一
字不漏地寫出來，
眾人都看呆了。

釋詞 ① 心急如焚：心裏急得像着了火一樣，形容非常着急。

　　魯先生深深地記住了這件事，認為他就是最合適的人選，於是便把他推薦給瘦國王。當天下午，東村村長來到王宮要找國王，恰巧瘦國王有要事要辦，無暇親自接見，便請亞維代為接待，還請他把村長的話清楚記錄下來，然後馬上呈交。

　　這是亞維的第一個任務，他的心情既興

奮又緊張，聚精會神地聽着村長所説的每一句話。村長剛走進王宮，肚子便突然痛起來，臉色也變得蒼白，説話吞吞吐吐的。他請<u>亞維</u>轉告國王自己身體不舒服，要先行離開，留下了<u>瘦國王</u>吩咐他帶來的小紅花便急忙走了。接着，一位倉庫的管理員前來把小紅花一束一束點算清楚後，<u>亞維</u>便躲在房間

裏埋頭做記錄了。

　　可是瘦國王等了很久，還沒有看到亞維交來記錄，他心想：平日多長的會議，魯先生都可以在一個小時裏完成記錄，更何況是一個短短的匯報呢？瘦國王心裏覺得很奇怪。過了一天、兩天、三天……亞維終於來了，他手裏拿着一疊厚厚的紙，滿心歡喜地對國王說：「我終於寫好了！我把每一句話一字不缺地記錄下來了！」

　　瘦國王翻開記錄一看，生氣得透不過氣來。亞維的記錄是這樣的：

　　下午，東村村長來找國王。他一進來，臉色突然變得蒼白，說：「我我我我我我我我我我我我我我我我我我我的肚子突然有點不不不不不不不不不不

不不不不不不不不舒服，還還還還是先離開了，麻麻麻麻麻麻麻麻麻煩你轉告國王，他他他他他他他他他他他他他他吩咐我帶來的小紅花，我已經帶來了，請請請請請你們點收吧！真抱歉！」說罷便急忙離開了。

接着，一位倉庫的管理員立即前來點算，他小聲地數着：「一束、兩束、三束、四束、五束、六束、七束、八束、九束、十束、十一束、十二束、十三束、十四束、十五束、十六束、十七束、十八束、十九束、二十束、二十一束、二十二束、二十三束、二十四束、二十五束、二十六束、二十七束、二十八束、二十九束、三十束、三十一束、三十二束、三十三束、三十四

束、三十五束、三十六束、三十七束、
三十八束、三十九束、四十束、四十一
束、四十二束、四十三束、四十四
束、四十五束、四十六束、四十七束、
四十八束、四十九束、五十束、五十一
束、五十二束、五十三束、五十四束、
五十五束、五十六束、五十七束、
五十八束、五十九束、六十束、六十一
束、六十二束、六十三束、六十四束、
六十五束、六十六束、六十七束、
六十八束、六十九束、七十束、七十一
束、七十二束、七十三束、七十四束、
七十五束、七十六束、七十七束、七十八

瘦國王看不下去了，他生氣極了，對着
亞維罵道：「你……這個……笨蛋！」旁邊

的<u>魯</u>先生尷尬①地接過國王手中的報告後，只好把它重寫一次：

　　下午，<u>東村</u>村長來找國王。他一進來，臉色突然變得蒼白，說：「我……的肚子突然有點不……舒服，還……是先離開了，麻……煩你轉告國王，他……吩咐我帶來的小紅花，我已經帶來了，請……你們點收吧！真抱歉！」說罷便急忙離開了。

　　接着，一位倉庫的管理員立即前來點算，他小聲地數着：「一束、兩束、三束……剛好是國王要的數量。」

釋詞　① **尷尬**：指人感覺很難為情或不知所措。

魯先生跟亞維寫的報告究竟有什麼分別呢？亞維寫的報告又出了什麼問題呢？

標點符號小教室

雖然亞維記性好，但要成為魯先生的接班人，還是要先學習一下善用省略號。他把東村村長和倉庫管理員的每一句話一字不缺地記錄下來，把一些不必要的、重複的話都寫在報告上，長篇累贅得瘦國王不願看下去。幸好，得魯先生幫忙把報告修正，用上省略號，令文句詳略得宜。

什麼是省略號（……）？

省略號由六個小圓點組成，佔兩格的位置，每格各有三點。它最主要的用途是在行文中表示省略。

省略號有什麼用法？

省略號主要的用途是表示省略，如舉例省略、重複省略、引文省略、數字省略；此外，它還可以用來表示說話斷斷續續或含糊不清的話語。

1. 用於舉例省略

當舉例的數量足已表達文意時，餘下的例子就可以用省略號刪減，表示「還有很多」和「等等」。

故事中的例子：

申請這職位的人很多，有經驗豐富的、博學多才的、心思細密的⋯⋯

2. 用於重複省略

當文中出現重複的話，可以用省略號來表示。

例子：

失敗，嘗試；再失敗，再嘗試⋯⋯

3. 用於引文省略

寫文章時，我們經常會引用別人的話、文章等，用來說明或論證自己的觀點。若引文較長，我們可以使用省略號來刪減不必要的部分。

例子：

朱自清在《說話》一文中寫道：「說話並不是一件容易的事⋯⋯一句話的影響有時是你料不到的，歷史和小說上有的是例子。」

4. 用於數字省略

故事中的例子：

他小聲地數着：「一束、兩束、三束……剛好是國王要的數量。」

5. 用於表示說話斷斷續續

若有話不願意說、不方便說、不忍心說……或是說起話來斷斷續續的，便需要使用省略號來代替沒說完的部分。

故事中的例子：

（1）瘦國王看不下去了，他生氣極了，對着亞維罵道：「你……這個……笨蛋！」

（2）他……吩咐我帶來的小紅花，我已經帶來了。

6. 用於含糊的話語

在對話中，我們可以用省略號來表示有話要說而沒說，以及說不清楚的話。

例子：

老師說：「家明，你來評論一下這件事吧！」

「……」家明卻只聳一聳肩，一句話都沒說。

省略號的用法廣泛且具彈性，可以幫忙刪減文中不必要的話語，令文章詳略得宜。可是，使用省略號前要細心思考，不能因隨意或過分省略而影響文章的意思。

一、下列句子中省略號的作用是什麼？請在括號內圈出
　　正確答案。

例：跳舞、唱歌、畫畫、游泳……哥哥的興趣真多！

（ 引文省略 /（舉例省略）/ 重複省略 ）

1. 看你的工作進度，距離成功還是很遙遠，很遙遠……

（ 引文省略 / 舉例省略 / 重複省略 ）

2. 「一片、兩片、三片……終於收集到足夠的落葉來做
　　手工了。」妹妹高興地說。

（ 數字省略 / 舉例省略 / 重複省略 ）

3. 弟弟不好意思地說：「我……只是……偷吃了一顆糖
　　果。」

（ 表示含糊的話語 / 引文省略 / 重複省略 ）

二、省略號用途廣泛，最常見的是用於舉例省略。試續
　　寫下列句子，並在句子中用上省略號。

例：我最愛吃甜品，冰淇淋、果凍、布丁⋯⋯全都是我
　　愛吃的。

1. 這是全香港最大型的圖書館，圖書種類繁多，＿＿＿＿＿＿

　　＿＿＿＿＿＿＿＿＿＿＿＿＿＿＿＿＿＿＿ 應有盡有。

2. 香港是個國際大都會，遊客來自世界各地，＿＿＿＿＿＿＿

　　＿＿＿＿＿＿＿＿＿＿＿＿＿＿＿＿＿＿＿ 多不勝數。

3. 他是個運動健將，＿＿＿＿＿＿＿＿＿＿＿＿＿＿＿＿＿＿

　　＿＿＿＿＿＿＿＿＿＿＿＿＿＿＿＿＿＿＿ 無一不曉。

金花妹妹

幾個月前，<u>瘦國王</u>曾到過<u>西村</u>巡視，他知道那裏有一種奇特的花，名叫「金花」。它的花瓣是金色的，花蕊晶瑩剔透得像寶石一樣，好看極了！可是金花對生長環境的要求很高，所以產量很少，非常珍貴。<u>瘦國王</u>一向喜歡金光閃閃的東西，他很希望在<u>標點符號國</u>舉行周年舞會時，把它放在宴會廳的門口，好讓來賓都可以見識到這種名貴的花。

在周年舞會舉行之前，<u>瘦國王</u>對身邊的一個小侍從<u>泰利</u>說：「請你到<u>西村</u>一趟，把那名貴的金花帶回來吧！」國王還吩咐秘書<u>魯</u>先生寫了一張字條給<u>泰利</u>，好讓他能順利把花帶回來。臨行前，國王更多次叮囑①<u>泰利</u>要好好照顧金花。<u>泰利</u>答應了，便馬上準備起行。

正要出門的時候，<u>泰利</u>突然覺得肚子有點兒不舒服，但這是國王親自委派的任務，他不敢隨便假手於人②。怎料他的肚子卻越來越痛，痛得他快要走不動了。為了完成任務，<u>泰利</u>只好委託他的好朋友<u>亞寶</u>來幫忙。<u>泰利</u>請人把<u>亞寶</u>叫來，對他說：「我……我

① 叮囑：再三叮嚀、囑咐。
② 假手於人：借助別人來為自己辦事。

的肚子不舒服，麻煩你替我做點事。」泰利一面把魯先生給他的小字條遞給亞寶，一面用筆在「金花」兩字下畫了一下，說：「記住是金花，其他的都不要，不要弄錯啊！」然後便急忙跑到洗手間去了。

亞寶接過小字條，看到「西村」和「金花」下各有一條橫線。

馬上到西村把金花帶來，緊記要好好照顧，沿途給一點水。

他記得這是一個專名號，所以他認定「金花」就是一個人名。亞寶走了大半天的路，終於到達了西村，來到金村長的家，亞寶對他說：「村長先生，我是從王宮來的亞寶，我想找一個叫金花的人。」村長前幾天已經收到通知，知道泰利會來取金花，用來布置周年舞會的場地，可是村長見這個人不是泰利，沒估計到他就是來取金花的人。村長一聽到亞寶是從王宮來的，還要找他的妹

妹，一時高興得忘形，自言自語①地說：「終於有人懂得欣賞我的妹妹了，不知道國王打算安排她做什麼工作呢？」他馬上派人把自己的妹妹帶來，對她說：「金花妹妹，國王派來的亞寶要把你帶到王宮，你跟他走一趟吧！」

亞寶不負所託，帶着金花妹妹趕路，沿路還不忘給她喝水，對她照顧有加，很快就回到王宮了。而泰利早就在王宮門外等着，看到亞寶從遠處走來，高興得大力招手。亞寶擦了擦汗說：「帶來了，我把金花帶來了！」然後把字條交還給泰利。這時，金花妹妹走上前來說：「你要找的人就是我！」

釋詞 ① 自言自語：自己一個人低聲嘀咕。

泰利望着她幾乎暈倒在地上。他看了看手中的字條，才恍然大悟。現在他只好帶着金花妹妹去跟國王解釋一下，請求他原諒了。

標點符號小教室

泰利在「金花」這兩個字下畫了一條橫線，名貴的金花就變成金花妹妹了。結果亞寶走了大半天的路，卻未能成功替泰利完成任務。

什麼是專名號（＿＿＿）？

專名號是一條直線，用來標示人名、地名、國家名、機構名、學校名、朝代年號等專有名詞。橫寫時，加在專有名詞的下面；直寫時，加在專有名詞的左面。為了方便印刷排版，在約定俗成下，很多書籍和文章一般都沒有使用專名號，而只會在避免誤解時才會使用。

專名號有什麼用法？

一般來說，專名號用於標示不同的專有名詞，用法如下：

人名——孫中山先生
地名——廣東省
國家名——中國
機構名——保良局

學校名——<u>香港大學</u>
朝代年號——<u>唐朝</u> <u>開元</u> <u>天寶</u>

　　專名號的用法簡單易明，然而要留意有些情況我們不會使用專名號。例如：
　　動物名稱——白兔、了哥
　　植物名稱——玫瑰、仙人掌
　　自然現象——太陽、月亮
　　親屬稱呼——哥哥、姐姐
　　節日名稱——聖誕節、端午節
　　以專有名詞為附加語——浙醋、港鐵、意大利粉

標點符號練習

一、下列哪些詞語需要使用專名號？請在方格內加 ✓；
不需要的，請加 ✗ 。

1. 海洋公園 ☐   2. 伯父 ☐

3. 鸚鵡 ☐   4. 紅豆 ☐

5. 旺角 ☐   6. 公益金 ☐

7. 中環中心 ☐   8. 哈密瓜 ☐

二、請在下列句子的適當位置加上專名號。

1. 陳老師畢業於香港中文大學，在新雅小學擔任中文老師。

2. 明天是聖誕節，我約了東東表弟一起到尖沙咀欣賞燈飾。

3. 東華三院是香港的慈善機構，提供醫療、教育等社會服務。

4. 武則天出生在唐朝首都長安，是中國歷史上唯一的女皇帝。

5. 金紫荊廣場位於香港灣仔香港會議展覽中心新翼人工島上，是著名的旅遊景點。

書名號 的故事

王子的家書

　　威威是標點符號國年紀最輕的王子，自小聰明好學，瘦國王希望把他培育成才，將來可以繼承王位。雖然他只有八歲，但國王已把他送到一個偏遠的小鎮，跟一位很有學問的老先生學習。威威王子離家後的一個月，瘦國王收到了一封信，一看到是王子寫來的家書，他便感到很雀躍。

尊敬的父王：

　　您好！我在這裏生活了一個月，每天都過得很充實，不用掛心。

　　這幾天早上，我不是在花園裏看龜兔賽跑，就是在涼亭裏看螞蟻搬家，一看就看了好幾個小時，連吃早點也忘記了。前幾天，我認識了一位新朋友——亞邦，他看過很多書，也到過很多地方，見識廣博。他告訴我天上的月亮很好看，於是，我便命人替我把它找來，可是侍從花了幾天也找不到，那麼小的事情都不能辦好，我很失望。希望父王你想想辦法，替我把它找來。亞邦還告訴我外面的世界是很美好的，我想了很

久，決定放棄王子的身分，選擇跟阿拉丁環遊世界。

昨天晚上，大家都入睡了，我看見書桌上有一本朋友的日記，我知道是<u>亞邦</u>留下的，我趁保姆睡着了，便點着微弱的燭光，偷偷地看了，我知道這是個不好的習慣，但我實在太好奇了。

下個月是你的生日，可惜我未能跟你慶祝，但我已準備了最美的女神，讓侍從帶回王宮送給你，你一定會忙得沒有時間陪王后了，希望你喜歡！

兒子

威威上

國王看了王子的來信，臉色一沉，生氣地說：「威威短短一個月就學壞了，整天無所事事①，還偷看朋友的日記！以前乖巧的小王子，不但要侍從取天上的月亮，還敢送

---

① 無所事事：指閒着，什麼事都不幹。

53

我一個最美的女神，實在太過分了！」國王決定要親自去把王子和那個叫<u>亞邦</u>的人抓回來。

<u>瘦國王</u>帶着士兵來到小鎮，<u>威威</u>王子正在房間裏看書，看見國王專程來找他，感到非常驚訝。國王一看見王子，就生氣地說：「告訴我你在這裏做了什麼？學了什麼？老先生有沒有好好管教你？」<u>威威</u>王子見國王怒容滿面，馬上從書櫃裏拿出一疊書來，回答國王：「這一個月來，我都有聽從老先生的吩咐，多閱讀圖書。」

國王看到王子手裏拿着很多圖書——《龜兔賽跑》、《螞蟻搬家》、《王子的身分》、《跟阿拉丁環遊世界》、《朋友的日記》，還有一本繫上了蝴蝶結的《最美的女神》，他終於明白原來<u>威威</u>王子不是學壞

了，只是忘記在信裏加上書名號呢！

　　國王笑了笑，說：「孩子，父王很掛念你，所以才特意前來探望。你要好好跟老先生學習一下書名號的用法。明天，父王命人替你把《天上的月亮》找來。」然後他便帶着士兵們一起回王宮去了。

標點符號小教室

威威王子不會用書名號，令信中的內容表達得含糊不清，瘦國王誤以為他學壞了，變得無所事事、專權霸道……差點兒就把他和亞邦抓回王宮處罰。

什麼是書名號（《 》/〈 〉）？

書名號跟專名號一樣，都是用來標示名稱的，常見的寫法有 ﹏﹏、《 》和〈 〉。﹏﹏ 是書名號以前的寫法，我們稱它為浪線號，在一些古籍中經常可以看到。直寫時，它標在書名的左面；橫寫時，標在書名的下面。

由於浪線號在印刷排印時極不方便，因此現已被雙書名號《 》及單書名號〈 〉所取代。

書名號有什麼用法？

一般來說，書名號用於標示不同的文化產品，用法如下：

書名——《西遊記》

電影名——《功夫熊貓》

戲劇名——《仲夏夜之夢》

報紙名——《星島日報》

雜誌名——《選擇》

文件名——《基本法》

文章題目——《岳陽樓記》

歌曲名——《小太陽》

字畫名——《清明上河圖》

然而，作文題目、報刊雜誌的刊頭或宣傳海報等，都不必使用書名號。

書名號的用法清晰易明，但仍要注意一些特殊的情況。

1. 若在書名號內還要使用書名號時，我們要在外面採用雙書名號（《 》），裏面使用單書名號（〈 〉），例如：《讀張愛玲的〈半生緣〉後感》。

2. 當書名和篇名同時出現時，我們會在兩者之間加上間隔號（·），如《禮記·禮運》。

標點符號練習

一、書名號常用於標示書名，請替威威王子在信中正確
位置加上《 》，讓瘦國王能看明白他的意思。

尊敬的父王：

　　您好！我在這裏生活了一個月，每
天都過得很充實，不用掛心。

　　這幾天早上，我不是在花園裏看龜
兔賽跑，就是在涼亭裏看螞蟻搬家，
一看就看了好幾個小時，連吃早點也
忘記了。前幾天，我認識了一位新朋
友──亞邦，他看過很多書，也到過
很多地方，見識廣博。他告訴我天上
的月亮很好看，於是，我便命人替我
把它找來，可是侍從花了幾天也找不
到，那麼小的事情都不能辦好，我很
失望。希望父王你想想辦法，替我把

它找來。<u>亞邦</u>還告訴我外面的世界是很美好的，我想了很久，決定放棄王子的身分，選擇跟阿拉丁環遊世界。

昨天晚上，大家都入睡了，我看見書桌上有一本朋友的日記，我知道是<u>亞邦</u>留下的，我趁保姆睡着了，便點着微弱的燭光，偷偷地看了，我知道這是個不好的習慣，但我實在太好奇了。

下個月是你的生日，可惜我未能跟你慶祝，但我已準備了最美的女神，讓侍從帶回王宮送給你，你一定會忙得沒有時間陪王后了，希望你喜歡！

兒子

威威上

二、下列句子中的書名號是否使用正確？正確的，請在
　　方格內加 ✓；不正確的，請加 ✗。

1. 星期天，我跟朋友看了一套新上映的電影——
《星球大戰》。　□

2. 《上海迪士尼樂園》開幕了，你們會去遊覽一
下嗎？　□

3. 哥哥看書一目十行，不用幾天就把《紅樓夢》
看完了。　□

4. 《義勇軍進行曲》是<u>中國</u>的國歌。　□

5. 《最後的晚餐》是西洋美術中著名的畫作。　□

6. 妹妹的《中文作業》不見了，找了很久也找不
到。　□

7. <u>李白</u>是著名的<u>唐代</u>詩人，有《謫仙人》之稱。　□

8. 我在《明報》中找到了一則有趣的新聞報道。　□

比武大會的獎品

在二十多年前的一個晚上，瘦國王在房間外徘徊①，心情既興奮又緊張——王后快要生產了。突然，聽到「哇——哇——」的嬰兒哭聲，標點符號國的小公主出生了。公主樣子甜美，眼睛亮晶晶的，就像晶瑩剔透的寶玉，因此，瘦國王為她起了一個名字——寶玉。

在公主的一歲生日時，瘦國王請了全國最出色的雕刻家，把一塊珍貴的寶玉雕成公

釋詞 ① 徘徊：在一個地方來回走動不離去。

主的模樣，用絲帶繫在她身上，作為她的第一份生日禮物。

長大後的<u>寶玉</u>公主不但美麗動人，而且機智聰明，國王視<u>寶玉</u>公主為掌上明珠。可是公主到了適婚年齡，還未遇到合適的對象，國王為此感到十分焦急。

一天，<u>瘦國王</u>命人寫了一則通告，貼在王宮外的公告板上。原來國王打算舉行比武招親，為<u>寶玉</u>公主找一個既強壯又勇猛的丈夫。他對小侍從說：「你來幫我撰寫一則通告貼在王宮外的公告板上，告訴大家我們將舉行一場盛大的比武大會，勝出者可得到美麗的公主——<u>寶玉</u>。」

省略號

專名號

書名號

破折號

　　比武大會吸引了很多人來參加，上至鄰國的王子，下至一些農民和武夫，寶玉公主希望句式國的亞達王子可以勝出，因為他長得又英俊又強壯。

　　比賽來到最後一個回合，在眾多的參賽者當中就只剩下亞達王子和一個叫亞豺的打鐵工人。兩人的功夫都非常了得，幾乎不能分出勝負，公主心裏默默為王子打氣，另一方面又擔心亞豺會勝出。「叮——叮——」比賽結束了，勝出者竟然是亞豺！他不但樣子醜陋，而且為人非常粗魯無禮，公主第一眼看到他，就被他嚇壞了。

　　比賽結束後，人們各自散去，等待明天的頒獎典禮。但在王宮裏的王后卻整晚愁眉不展，她不想公主嫁給一個粗野的打鐵工人，當寶玉公主想到自己日後要跟亞豺生活

時，更傷心得流下淚來。國王感到又無奈①又內疚②，他說：「我要想個辦法阻止公主嫁給亞豺——不能啊，我畢竟是一國之君，一定要守諾言。」

第二天，瘦國王在頒獎典禮上宣布：「這次比武的勝出者——亞豺，可得到本國的寶玉……」他的話還沒說完，亞豺便興奮地走到公主旁邊，一手抓着公主身上的寶玉，向國王和公主道謝，說：「謝謝國王，謝謝公主，這是一份多麼珍貴的獎品！」國王和公主都摸不着頭腦，只能由他帶着寶玉離開了。

頒獎典禮完結後，國王和公主立刻走到公告板前查看有關比武大會的那張告示。原

釋詞　① 無奈：指被迫去做自己不想做的事情。
　　　② 內疚：形容內心感覺慚愧不安。

來當日小侍從不小心在告示上少寫了一個破折號。

標點符號國即將舉行一場盛大的比武大會，勝出者可得到美麗的公主寶玉。

因此，大家都以為獎品就是公主的寶玉。這次，國王真要好好答謝那個粗心大意的小侍從了。一個小小的破折號改寫了寶玉公主的命運，究竟破折號在這通告中起了什麼作用呢？

標點符號小教室

　　瘦國王舉行比武招親的本意是想為寶玉公主找一個又強壯又勇猛的丈夫，無奈勝出者是一個又醜陋又粗魯的打鐵工人——亞豼。幸好，粗心大意的小侍從在告示上少寫了一個破折號，令大家以為比賽的禮物是公主身上的寶玉。

什麼是破折號（——）？

　　破折號是一條佔用行中兩個方格的直線。「破」指說話被打斷，「折」指將意思轉至另一方面；它可以表示語氣和意思的轉變，也可以標示行文中作解釋說明的語句。

破折號有什麼用法？

　　破折號的用途有很多，常用的有表示句子的語氣和意思的轉變，聲音的延續，以及說明和詮釋。

1. 用於表示語氣和意思的轉變

故事中的例子：

國王感到又無奈又內疚，他說：「我要想個辦法阻止公主嫁給亞豺——不能啊，我畢竟是一國之君，一定要守諾言。」

其他例子：

我們的作品還未完成——算吧！還是由我來處理。

2. 用於表示聲音的延續

故事中的例子：

(1) 突然，聽到「哇——哇——」的嬰兒哭聲，標點符號國的小公主出生了。

(2) 「叮——叮——」比賽結束了，勝出者竟然是亞豺！

3. 用於表示說明和詮釋

故事中的例子：

(1) 勝出者可得到美麗的公主——寶玉。

(2) 瘦國王在頒獎典禮上宣布：「這次比武的勝出者——亞豺，可得到本國的寶玉……」

　　破折號跟括號（即夾注號）都有解釋的作用，然而兩者是不同的。破折號引出的解釋說明是正文的一部分，要和正文連讀，不可分割；而括號裏的解釋說明不是正文的部分，是作為注釋使用，只供閱讀，即使刪除也不影響文意。

　　此外，破折號還可以用於揭示下文，總結下文，表示聲音和說話中斷，以及表示引文的出處等。

標點符號練習

一、下列句子中哪些位置需要加上破折號？請在適當的
位置加上 ∧ 表示。

例：他就是著名田徑運動員∧劉翔。

1.「嗚」火車開動了。

2.七巧節和女兒節源於古老的神話傳

說牛郎和織女的愛情故事。

3.我很想把事件做得完美算了，反正

沒有人會在乎！

4.「砰砰」外面傳來了幾下槍聲。

二、破折號常用於說明和詮釋，我們寫句子介紹自己時經常會用到。請根據題目要求用破折號造句，並在方格內畫出相應的圖畫。

例：關於動物

　　　這是我最喜愛的動物——短毛貓。

1. 關於玩具

　　　這是我 _____

　　　_____

　　　_____ 。

2. 關於旅遊景點

　　　_____

　　　_____

　　　_____ 。

73

總複習

　　下列兩段文字有很多標點符號不見了。請你把在本書中學習到的六個標點符號（：「」…… ＿＿ 《 》 ──）填在適當的位置。省略號和破折號佔的空間較多，請分別用 …… 和 ── 表示。

1.

```
        外 交 大 臣 亞 利 見 識
廣 博 ， 被 譽 為 小 博 士 ， 他
用 了 一 年 的 時 間 撰 寫 了 一
本 巨 著 世 界 十 大 奇 景 。 書
中 輯 錄 了 十 個 著 名 的 景 點
標 點 符 號 國 的 大 瀑 布 、 修
辭 國 的 金 色 城 門 、 句 式 國
的 珊 瑚 礁 羣 、 閱 讀 國 的 神
秘 古 城 瘦 國 王 看 得 津 津 有
```

味，說真想四處遊覽，親
眼看看這些景點啊！

2.
　　小侍從為威威王子點
算書房裏收藏的圖書和畫
作，第一排擺放了王子最
喜歡的童話故事灰姑娘、
白雪公主、小紅帽、勇敢
的小裁縫第二排擺放了很
多名貴的畫作春天、吶
喊、蒙娜麗莎、祈禱之手

標點符號總表

在本書中學習到的標點符號總括如下：

標點符號	寫法	解說
冒號	：	形狀像兩顆小紐扣，用來提引下文或總結上文。
引號	「」『』	形狀像一組方向相反的直角，用來標示引用、要強調、有特殊含義的語句。
省略號	……	形狀像六顆小黑點，用來標明行文中省略了的話。
專名號	——	形狀像伸縮自如的金鋼棒，用來標示專有名詞。
書名號	《 》	形狀像兩個小書夾，用來標示不同的文化產品。
破折號	——	形狀像長竿子，用來表示句子的語氣和意思轉變、聲音的延續，以及詮釋。

《國王是笨蛋？》：（P.22 - P.23）

一、1. 需要強調的詞語

2. 直接引用的話

3. 特別日子

二、1. 同學們在教室裏跑來跑去，老師生氣地說 ： 「 要上課了，
你們快安靜地坐下來！ 」

2. 中國四大奇書 ： 《西遊記》、《水滸傳》、《三國演義》、
《金瓶梅》。

3. 弟弟問 ： 「 哥哥，『興奮』這個詞語怎樣寫？ 」

4. 媽媽對小弟弟說 ： 「 你把一大盒糖果吃了，只留下一顆
給妹妹，真是太『慷慨』了！ 」

5. 各位乘客請注意 ： 車廂內嚴禁飲食！

《最長的記錄》：（P.37 - P.38）

一、1. 重複省略

2. 數字省略

3. 表示含糊的話語

二、答案合理便可

《金花妹妹》：（P.48 - P.49）

一、1. ✓　2. ✗　3. ✗　4. ✗　5. ✓　6. ✓　7. ✓　8. ✗

二、1. 陳老師畢業於香港中文大學，在新雅小學擔任中文老師。

2. 明天是聖誕節，我約了東東表弟一起到尖沙咀欣賞燈飾。

3. 東華三院是香港的慈善機構，提供醫療、教育等社會服務。

4. 武則天出生在唐朝首都長安，是中國歷史上唯一的女皇帝。

5. 金紫荊廣場位於香港 灣仔 香港會議展覽中心新翼人工島上，是著名的旅遊景點。

《王子的家書》：（P.59 - P.61）

一、

尊敬的父王：

您好！我在這裏生活了一個月，每天都過得很充實，不用掛心。

這幾天早上，我不是在花園裏看《龜兔賽跑》，就是在涼亭裏看《螞蟻搬家》，一看就看了好幾個小時，連吃早點也忘記了。前幾天，我認識了一位新朋友——亞邦，他看過很多書，也到過很多地方，見識廣博。他告訴我《天上的月亮》很好看，於是，我便命人替我把它找來，可是侍從花了幾天也找不到，那麼小的事情都不能辦好，我很失望。希望父王你想想辦法，替我把它找來。亞邦還告訴我外面的世界是很美好的，我想了很久，決定放棄《王子的身分》，選擇《跟阿拉丁環遊世界》。

昨天晚上，大家都入睡了，我看見書桌上有一本《朋友的日記》，我知道是<u>亞邦</u>留下的，我趁保姆睡着了，便點着微弱的燭光，偷偷地看了，我知道這是個不好的習慣，但我實在太好奇了。

　　下個月是你的生日，可惜我未能跟你慶祝，但我已準備了《最美的女神》，讓侍從帶回王宮送給你，你一定會忙得沒有時間陪王后了，希望你喜歡！

兒子

威威上

二、1. ✓　2. ✗　3. ✓　4. ✓　5. ✓　6. ✗　7. ✗　8. ✓

《比武大會的獎品》：（P.72 - P.73）

一、1.「嗚」火車開動了。

　　2. 七巧節和女兒節源於古老的神話傳說<u>牛郎</u>和<u>織女</u>的愛情故事。

　　3. 我很想把事件做得<u>完美</u>算了，反正沒有人會在乎！

　　4.「砰砰」外面傳來了幾下槍聲。

二、答案合理便可

看故事學標點符號 ❷

總複習：（P.74 - P.75）

1.

　　外交大臣亞利見識廣博，被譽為「小博士」，他用了一年的時間撰寫了一本巨著《世界十大奇景》。書中輯錄了十個著名的景點：標點符號國的大瀑布、修辭國的金色城門、句式國的珊瑚礁羣、閱讀國的神秘古城瘦國王看得津津有味，説：「真想四處遊覽，親眼看看這些景點啊！」

2.

　　小侍從為威威王子點算書房裏收藏的圖書和畫作，第一排擺放了王子最喜歡的童話故事：《灰姑娘》、《白雪公主》、《小紅帽》、《勇敢的小裁縫》第二排擺放了很多名貴的畫作：《春天》、《吶喊》、《蒙娜麗莎》、《祈禱之手》